光と私語

吉田恭大

いぬのせなか座

光と私語　目次

1

わたしと鈴木たちのほとり …010
光と私語 …036
Napoli is Not Nepal …048
Not in service …060
三月の数行 …072
部屋から遠い部屋 …088

2

大きい魚、小さい魚、段ボール …108
ト …130
されど雑司ヶ谷 …136
末恒、宝木、浜村、青谷 …156

象亀の甲羅を磨く……178

3

ともすると什器になって……204
私信は届かないところ……216
明日の各地のわたくしたちの／断続的に非常に強い……240

あとがき……276

装釘・本文レイアウト　山本浩貴＋h（いぬのせなか座）

光と私語

1

わたしと鈴木たちのほとり

外国はここよりずっと遠いから友達の置いてゆく自転車

013

ひとごとでいいよ遠くに鉄橋を越える電車のあれは千葉行き

日が変わるたびに地上に生まれ来るTSUTAYAの延滞料の総和よ

紙に文字。君のインクのキラキラのきらきらしたところが指につく

015

これまでの恋人がみな埋められているんだそこが江の島だから

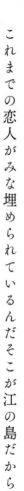

飛行機が苦手で亡命し損ねたモナストゥイルスキイにも幸あれ

ここはきっと世紀末でもあいている牛丼屋　夜、度々通う

本屋から毎週少しずつ届く乗り物の模型の一部分

019

カロリーをジュールに変えてゆく日々の暮らしが骨と骨の隙間に

池袋にも寄席がある。二人して暇なので落語家を見に行く

021

いつまでも語彙のやさしい妹が犬の写真を送ってくれる

023

お互いの生まれた海をたたえつつ温めてあたたかい夕食

とっておきのアネクドートをこれからも使うことなく覚えてゆこう

あれが山、あの光るのはたぶん川、地図はひらいたまま眠ろうか

のぞみなら品川名古屋間ほどの時間をかけて子孫をつくる

約束はできないけれどまた行こう　都下に散らばるプラネタリウム

027

高級なティッシュの箱のしっとりとした動物の寝ている写真

029

もうじきに朝だここから手の届く煙草と飴の箱が似ている

人々がみんな帽子や手を振って見送るようなものに乗りたい

駅前の道に溢れる宗教のひとびとあふれだす宗教

脚の長い鳥はだいたい鷺だから、　これからもそうして暮らすから

033

バス停がバスを迎えているような春の水辺に次、止まります

笑わなくてもあかるく、そして、地下鉄の新しい乗り入れの始まり

035

[redacted]

光と私語

わたくしに差し出される任意の数字　街じゅうの人と指を指しあう

本年は例年になく八月をみんな忘れてしまったような

039

電話帳でもここらはもう海じゃない　都電の駅まで二人で歩く

友達の部屋から見える友達の東京に伸びきる電波塔

041

枚数を数えて拭いてゆく窓も尽きて明るい屋上にいる

今後とも乗ることはないだろうけどしばらく視界にある飛行船

記録してください（あなたの手を引いて逃げていくのがやさしい和号）

キラキラ号、と名前のついたバスだからいつまでも見送る池袋

Smoking kills. Smokers die younger. Smoking harms you and others.

九月尽　ここがウィネトカなら君は帰っていいよ好きなところへ

Napoli is Not Nepal

坂道で缶のスープを散らかして笑う時代の犬になりたい

051

Napoli is Not Nepal　交差点振り返るときハローと言えり

鳩、届きましたか、そちらに活字庫が雪崩れてゆくのが見えたので

至急

箱庭の庭の部品を磨く人をときどき一人にする昼休み

053

ぱーじぇーろ、ぱーじぇーろって時として道行く皆様に囃されたい

水際に踊ればよろしこどもらは泳ぐ前にはだいたい踊る

055

生乾きのインコを投げる生乾きのインコはそれは生臭かった

057

最中には右脳の側で市が立ち左脳から沢山人が来る

美しい言葉をいいつつ僕たちはカラオケには行かないよるのうち

059

Not in service

一月は暦の中にあればいい　手紙を出したローソンで待つ

夏にほぼ人の数だけ声帯があって冬、その倍の耳たぶ

「白いのがひかり、明るいのがさむさ、寒いからもう電車で行くね」

ふるさとの雪で漁船が沈むのをわたしに告げて電話が終わる

065

乗り遅れたバスがしばらく視界から消えないことも降雪のため

さるが街にいたらニュースになるだろう　物置はホームセンターで買う

067

なくした傘には出会えなくても終電は外回り、遠回り、

まみどり

君が山羊、山羊が羊にかわるころ品のよい家具屋で暮らしたい

日めくりの尽きて明日も風力2、あるいは3を数えるだろう

071

三月の数行

筆跡の薄い日記の一行をやがて詩歌になるまでなぞる

075

真昼間のランドリーまで出でし間に黄色い不在通知が届く

恋人じゃない人の名を挙げて、っって春になるまで続けるつもり

必要なものを探しているような顔で靴屋に寄って帰る日

家々のアンテナ全て西を向きその中の何軒かのカレー

PCの画面あかるい外側でわたしたちの正常位の終わり

カキフライかがやく方を持ち上げて始発、東西線に投げ込む

いくつもの呼び名がついて世界とは犬の走った領域だろう

人間の七割は水　小さめのコップ、静かにあなたに渡す

083

泥のごと眠ればやがて干からびた泥の崩れるごとく目覚める

あやまたず夏を（あなたが右手から溶け出す夏を）振り切れば夏

砂像建ちならぶ海際から遠く、あなたの街もわたしも眠る

朝刊が濡れないように包まれて届く世界の明日までが雨

087

部屋から遠い部屋

ここは冬、初めて知らされたのは駅、私を迎えに来たのは電車

丸ノ内線に光が差すたびに意識の上では目を覚ますけど

改札を出てから雨にぬれるまで駅はどこから終わるのだろう

093

待ち人のいたるところに居るような東南口で待たせてしまう

先週も先々週も過去のこと。
しばらく竿竹屋をみていない

095

コンビニを並べていけばそれぞれにあかるい歌が聞こえる町だ

お時間を指定したのは母なれど私に待たれるクロネコヤマト

飼いもしない犬に名前をつけて呼び、名前も犬も一瞬のこと

恋人の部屋の上にも部屋があり同じところにある台所

冬の陽のなかの鸚鵡のくちばしはずっと握ったまま、抱きしめる

099

中野区はおやつにはいらないことも知っているから春の遠足

路地、猫を追う君を追わない僕を、気にしなくてもいいから、猫を

季節はそろそろあちらのほうで明るくて、折り畳まれない自転車になる

2

大きい魚、小さい魚、段ボール

（演説は退屈だけれども、
と男が言った。
そこから先は案の定有料だった。）

始まる前に座らなければならないし、
読む前に言葉を覚えなくてはならない。

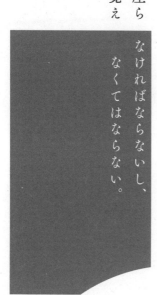

寝て起きて、
あくまでここで仮定して、
楽しい示威に血肉が通う

111

（ここから喋る速度をゆっくりと上げる。あなたから目をそらさずに）

花曇り　あなたが
　　　　山羊に餌をやる様を
いつまでも覚えているだろう。

人知れず手筈が整われていて、燃やしたい袋を捨てにゆく

　　　　　　　　「それはアートですか？」
「犬山城のプラモデルです」「またはそういうパントマイムです」

名詞から覚えた鳥が金網を挟んでむこう側で飛んでいる

（書き損じたら二度書きしてはいけない）（書き損じて新しいのを書きなさい）

踊れよって、言われて
もはや踊れない気持ちを路の上に横たえて

コンビニに入るとき鳴る音楽をえんえんイヤホンから聞いて寝よ

将棋はルールだけ知っている。（骨を折ったら誰か優しくしてくれますか。）

駅なかの床屋、
床屋にいる人がわたしの髪も

切ってくださる

117

(しょうらいてきに被選挙権を行使する予定の方、ボタンを押してください)

澱みなく言い切るときに夕刊が至る　わたしのポストが赤い

寒さの中であなたの訃報を知る前にそこに届けておきたい荷物

人をみな袋綴じれば新目白通りに灰がひしひしと降る

ゆうえんちさいせいじぎょう路線図のいちばん大きい緑は皇居

（気が付いたら世紀とか祭典とかも終わっていればいいのだけれど）

122

管つけて眠る祖母から汽水湖の水が流れて一族しじみ

この朝の連続テレビ小説の千年先のセーブポイント

（タダより高いアレだと思うそれやこれや、　あなたはもはや首肯するしか）

その角のつぶれる前のコンビニの広々として闇ではないな

[redacted]

（月曜から出自が問われ続け、
頼まれてもいないのに自己紹介文をお送りしています。）

たいていのものを食べるし幾つかの禁忌も
そこにあるのは分かる

「それは宗教行為ですか？」

「数回の中断を挟みます」

「いずれは冬の季語になります」

読み難い人の名前を間違えてもう下ろせない銀行がある

（ぢつと手をみる）
というオプション。
（たはむれに母を背負）ったりする、
そういうオプション。

しかるべき作用であると思うけれど、こちらに至る煙草の煙

127

（御清聴いただいてこの距離感は後日書面でお伝えします）

どこも明るい床だと思う　斎場の　百年生きたあとの葬儀の

六畳の白い部屋。その床面にあなたは水平に横たわる。
携帯のデフォルトのアラームが鳴り、もう一度鳴り、あなたは起きる。
昨日のことはいくらか覚えている。床は白くて床は冷たい。
部屋を出てどこかへ向かう。戻るとき牛乳のコップを持っている。
部屋を出てどこかへ向かう。戻るとき人間らしい服を着ている。
部屋を出てどこかへ向かう。戻るときもう眠くない顔をしている。
手のひらを翳してドアが開いた、り、しないので鍵を持って出る。
川沿いを7分歩くと駅に着く。ホームは橋の上にかかっている。
手のひらのカードを翳す。改札を通るためのカードを持っている。
一時間かけて仕事場に向かい、もう一度そこでカードを翳す。
いないときのあなたのことをよく知らない。

一時間かけて仕事場から帰り、また川沿いを7分歩く。
部屋に帰ると、あなたが水平な姿勢で横たわっている。
服を脱ぎ、シャワーを浴びた跡がある。あなたの髪がまだ濡れている。
湯を沸かし、冷まして飲んだ跡がある。コップの縁がまだ濡れている。
ベランダに洗濯されたシャツがある。部屋に取り込んで部屋の隅に置いておく。
部屋には鍋が二つあり、時々はそれで何かを煮て食べている。
横たわるあなたの上を跨ぐとき、まだ生きていることを確かめる。
家具を買うことを、おそらく本能的に怖れている、から白い部屋。
夜、窓を開いておくと鉄橋をわたる電車の音が聞こえる。
携帯のデフォルトのアラームをかけ、水平な姿勢で横たわる。
その隣で目を閉じてから眠るまで、まだ生きていることを確かめる。

携帯のデフォルトのアラームが鳴り、もう一度鳴り、あなたは起きる。

されど雑司ヶ谷

この暮れも寒い

都電の車内には老人ばかり目についている

巣鴨のマクドナルドには、ナゲットに
「とりのからあげ」
と大きくルビがあるという。

老人は赤いものだと知りながら巣鴨の先をゆく西巣鴨

西巣鴨には劇場がある。劇場はもともと中学校だった。その前は墓地だった。

墓地のそばに、もう人のいなくなった古い新興宗教の教会があって、
そこも確かに劇場だった。

乗り換え案内。
一例として、
都電を大塚で乗り換えたら山手線は日暮里を経て鶯谷に至る。

欲望と無縁の電車を待ちながら、ホームで抱いていた濡れた犬

都電には老人が多い。老人は地下鉄に乗れない。彼らは次、
地下に潜る時は埋められる時だと信じている。

『光と私語』について

都市そのものである歌集

堂園昌彦

吉田恭大くんの歌集が出るという。吉田くんのことは彼が10代の頃から知っていて、当時私は早稲田短歌会の先輩で、彼はそこの新入生だった。

その頃から彼の短歌は完成度が高かったのだが、彼自身はそのことに満足していなかったように思う。実際に、この歌集では初期歌篇をほとんど落としているようだ。29歳での歌集出版は遅すぎるくらいだが、満を持してという言葉が相応しく、文体を練り上げていった結果として、彼らしい独自の心惹かれる世界が歌集の中に広がっている。

外国はここよりずっと遠いから友達の置いてゆく自転車

この歌集の巻頭の歌。友達が外国に行く。外国は遠いので、重たい荷物を持っていくことはできない。したがって、自転車も置いていくことになる。このように分解していけば至極当然の出来事だが、吉田くんの文体ではそれが奇妙に響く。それは、一般的な論理の構造からひとつステップを飛ばしたものをあえて提示しているからだ。仮に通常の理屈に寄せるならば、この歌は次のようになる。

外国に持っていくのが面倒で友達の置いてゆく自転車（改作例）

これならば何の不思議もない。しかし、「外国はここよりずっと遠いから」と言われると、それは単なる人間側の理屈を超え、もっと大きなものにつながってしまう。人間は「面倒」という感情を扱うことはできるけれども、「遠さ」を扱うことはできない。結果、外国の「遠さ」が際立ち、「韓国」とか「アメリカ」とか「オーストラリア」などの具体的な土地ではなく、どこかたどり着けないほど遠い場所に友達が行ってしまうような感じを受ける。そして、それほど遠い場所に行ってしまった友達の自転車が残っていることと、自分が「ここ」に残されたことに対してほのかな寂しさが生まれる。

B

朝刊が濡れないように包まれて届く世界の明日までが雨

この歌も同じ構造を持っていて、「雨の日は朝刊が濡れないように新聞配達の人がビニールに包んで届ける、そして天気予報によれば明日も雨のようだ」という事実から、新聞配達の人が朝刊を包むことと、天気予報で明日まで雨とわかること、という二つの人為的な要素が省略されることで、まるで私たちの生活のための便利なシステムが、人間が介在しない自然現象として起きているような、そんな奇妙な感覚を抱かせる。そして、そのように捉えた世界はどことなくノスタルジックで、魅力的な相貌を帯びているのだ。

吉田くんの短歌の特異なところは、通常の短歌が細部の描写へと没入していくのとは反対に、ちょうどカメラの解像度をわざと下げるようにディテールをあえて無視しているところだと思う。そのことが逆に、物事の構造自体に潜んでいる、奇妙さや寂しさや抒情をあぶりだしている。

ここは冬、初めて知らされたのは駅、私を迎えに来たのは電車

「冬」という季節、「駅」という場所、「電車が迎えに来た」という出来事は描かれて

いる。一方でここがどこなのか、何を知らされたのか、なぜ電車が迎えに来たのかは説明されていない。詳細抜きに出来事の周辺情報ばかりが描写されるが、強いノスタルジーの気配が読む人のこころを揺さぶる。

言ってしまえば、ここで告げられている内容や、歌の主人公たちにどんな物語が起きているのかは問題ではないのだ。細部ではなく、構造。おそらく、私たちはそのようにして抒情を味わっている。

脚の長い鳥はだいたい鷺だから、これからもそうして暮らすから

町には意外と鳥がいる。川なんかもあったりするから、時々、水鳥も飛んでくる。少し珍しいが足の長い鳥なんか見られる。見つけると少し嬉しい。たぶんあれは鷺の仲間だろう。しかし、主体はそれ以上踏み込もうとしない。この鳥をアオサギだとか、コサギだとか、ダイサギだとか、あるいは鷺じゃなくてセイタカシギだとか、そういった同定は行わない。たぶんそれをしてしまうと、「脚の長い鳥がいる」という喜び（に似た何か）が別のものに変化してしまうのである。この人にとって鷺を見る喜びは喜びとしてあるが、それはアオサギの生態を細かく認識していくことでも、あるいは一羽一羽に名前をつけて個体として愛でることでもない。おそらく「脚の長い

鳥がいる」ということに直面したときの心の動きを最大化するために、こうした解像度のダウンコンバートをあえて意識的に行っている。

ポイントは「暮らす」で、主体はこの種類の喜びの摂取を最大化することに対して心を砕いており、それは鳥にだけではなく、あらゆるものに適用される。「これからもそうして暮らすから」と決然とした響きを持って発されるその心構えは、私には資本主義へのひとつの抒情的な適応として映る。

写真家・ライターの大山顕が運営するウェブサイト「住宅都市整理公団」を知っているだろうか。一般には「工場萌え」という言葉を作った一人として有名かもしれない。ひたすら公団住宅をコレクションしているサイトで、全国の団地の写真とそれについての大山顕の感想が並べられている。だが、そこで評価されるのは団地の住みやすさや住民の構成や家賃の相場などではなく、外から見た時の階段の位置の面白さや、各階の手すりのシンメトリーな配置や、屋上構造物の美的なはみ出し具合などだ。つまり、有用性や社会性に注目している限り表れてこないモノ固有の美を再発見し、それを独自の価値観で鑑賞しているサイトなのだ。

もちろん、大山顕は団地が背負っている社会性などの通常の文脈に気づいていないわけではなく、あえてそこから視線をずらすことで美を発見している。初めから美的に奉仕するために生まれてきた美術作品ではだめで、「工場」や「団地」という経済や社会のために生み出された、一般的には美を見出しにくいものだからこそ、そこに美を発見することが面白いという発想である。

吉田くんの歌はそれに似ていて、通常注目されるはずの物事の因果から視線を逸らす、あるいは解像度を下げることによって、世界がもともと持っていた美しさを発見している。既存の文脈の残像が残っているからこそ、彼の短歌は無軌道でアヴァンギャルドなものではなく、どこか懐かしいような抒情性を湛えているのだと思う。

とっておきのアネクドートをこれからも使うことなく覚えてゆこう

丸ノ内線に光が差すたびに意識の上では目を覚ますけど

飼いもしない犬に名前をつけて呼び、名前も犬も一瞬のこと

こうした意識のうえでの微妙な揺らぎのような歌も、この歌集にはたくさん出てくる。読者にさえ内容を語られないアネクドート（挿話）は空中に浮かんだまま不思議な存在感を示し、時折地下から地上に出る丸ノ内線は眠っている人の意識をわずかな時間揺り起こす。行きずりに出会った犬とそれに命名された名前は一瞬だけ人間の心を照らし、やがて記憶からも消え去っていく。

ここにある感情は微細かつ交換不可能であるけれど、描かれている事象自体は普遍

的かつ細部不明瞭であるという、面白い現象がどの歌にも起きている。

歌に表れるこうした思想や文体は、同時代の演劇の影響も受けているのだろう。彼はドラマトゥルク（制作・裏方）として長く演劇に携わっているが、2000年代以後の演劇、特に現代のしゃべり言葉を活かした演劇の影響を大きく受けていると思われる。いわば、構造やしゃべり言葉といったニュアンスの中に時代の雰囲気とそれへの批評性を込めるやり方だ。たとえば、この歌集中の連作「ト」ではト書きのように人物の動作のみを短歌で描写することによって、繰り返される現代の生活そのものの奇妙さと不安定さを浮かび上がらせている。

バス停がバスを迎えているような春の水辺に次、止まります
人々がみんな帽子や手を振って見送るようなものに乗りたい
笑わなくてもあかるく、そして、地下鉄の新しい乗り入れの始まり

さらに彼は点と点をつなぐ存在として乗り物を愛している。この歌集にも多すぎると言っていいほど乗り物の歌が出てくるが、どれも肯定的なニュアンスで描かれているのが興味深い。おそらく、乗り物というモノがそれぞれ持つディティールを削ぎ落としていった末に表れる、「新しい場所へ移動する」「未知のものを載せてくる」と

いった機能の不思議さそれ自体を吉田くんは好んでいるのだろう。「人々がみんな帽子や手を振って見送るようなもの」から私は豪華客船が港を離れる光景を想像したが、たしかにあの景色は船に乗っている人間や見送っている人間一人ひとりの事情を捨象し、ただただ祝福されるものとして繰り広げられる。その面白さと不思議さと悲しさに胸を突かれる感じがする。

約束はできないけれどまた行こう　都下に散らばるプラネタリウム
電話帳でもここらはもう海じゃない　都電の駅まで二人で歩く
一月は暦の中にあればいい　手紙を出したローソンで待つ
改札を出てから雨にぬれるまで駅はどこから終わるのだろう
コンビニを並べていけばそれぞれにあかるい歌が聞こえる町だ

吉田くんの歌を読んでいると、私は都市を連想する。もちろん彼の歌にはよく都市が登場するが、そういった意味以上に、彼の歌自体が都市そのもののようなのだ。都市は近寄って見ていると、そこには毎日人間が暮らし、どろどろとした喜怒哀楽が繰り広げられているが、遠くから見れば光の溢れる構造と因果の構築物だ。都市というものはまぎれもなく人間が作り出した人間の集合であるのだが、どこか非人間的なところがある。そのような視点で眺める都市は優しく、うつくしく、ディストピアとユートピアが同じ意味となるような、そんな場所だ。

とりあえず飽きるまではこの街にいるといいと思う。電車も通っているし、出て行こうとすればすぐ別の街に行ける。しかしあなたは別の街に住んでも、すぐにこの街を思い出すだろう。なぜならこころに出来たこの街はあらゆる街のイデアであり、また同時にあらゆる街の残像を集めてできた蜃気楼なのだから。

「白いのがひかり、明るいのがさむさ、寒いからもう電車で行くね」

布団と素数

『光と私語』について

荻原裕幸

平成の終り、現代短歌の世界では、ニューウェーブ三十年なんてことを謳ってシンポジウムが開催された。私も当事者として出演したのだけど、どう考えても、三十年も経てば、ニューウェーブだろうが、何だろうが、ニューじゃなくなるってものだ。それを三十年と言えてしまうのは、短歌の世界がこの三十年の短歌史をうまく整理できないでいるからだと思う。作品の価値の基準がはっきりしないまま、歌人たちは、何だかはわからぬ何かから零れ落ちないように、おしくらまんじゅうのようなことをしてる気がする。そうした事態の是非はよくわからない。ただ、中心や焦点の見えづらい世界は、新しい人に、臆病さか自在さかそのどちらかを与えているようだ。吉田恭大が後者を得て、この第一歌集『光と私語』をまとめたのはあきらかである。短歌のテキストとしての表現に加え、いぬのせなか座とのコラボレーションによって、デザインやレイアウトを含めた歌集のありようを模索している。私は、面喰らうという感じではなかったけれど、それでも、短歌のプレーンなテキストと、デザインやレイアウトと、両者をちょっと離しながら吉田の短歌の世界を考えた。それらが最終的には一つのものだとしても、仮に二つを離して考えてみるのは、吉田の短歌の世界を見えやすくしてくれるのではないかと思われる。

幸い、歌集も、それを拒まない構成になっている。1と3の章の作品は、デザインやレイアウトと離して、短歌のプレーンなテキストとして読むことがたやすい。対して、2の作品は、デザインやレイアウトを含めて読んだ方が、あきらかに何かを掴みやすい。従来の歌集の構成から、どこか向こう側に扉を開いてあるような塩梅になっている。自在とは言っても、もちろん、読者への最小限度の配慮はなされているのである。

＊

初見の短歌を、懐かしいと感じることと、既にある作品に似ていると感じることとは、少し違う。既にある作品に似ているのであれば、それを懐かしいと感じるよりも前に、読者は、似ていることの是非を問うだろう。懐かしいと感じるのは、何に似ているとか、何の隣りにあるとか、何に近いとか、そうした他との関係から生じるものではなく、もっと絶対的な感覚として懐かしいということなのである。懐かしさとは、古さではなく新しさの一種だろう。吉田恭大の第一歌集『光と私語』を、プレーンなテキストの状態で読みながら、私はしばらくそんなことを考えていた。

日が変わるたびに地上に生まれ来るTSUTAYAの延滞料の総和よ

冒頭の「わたしと鈴木たちのほとり」を読みはじめて、引用した作品などに印を付けながら、私は、自分自身がざわざわしはじめるのを感じていた。表面的な、と言うか、認識できる何かに反応しているのではなく、たぶん、一首が見えない部分に内蔵する、懐かしさの核のようなものに反応していたのだと思う。この一首で言うなら、私は、TSUTAYAのレンタルに延滞料が生じることを知っていたし、日付が変ればそれがさらに増えることも推測できた。でも、TSUTAYAのレンタルの延滞料の総和など考えたこともなかった。にもかかわらず、私がその総和を考えたとしても不思議はないし、わかる、という奇妙な感覚が生じるのだ。人々が観る傑作や駄作にかかるレンタル料ではなく、観ずにそこらに放置されたレンタルメディアにかかる延滞料。しかも、その総和だ。TSUTAYAの内部データでしかないそれは、しかし、平成の日本の何かを示す数値ではある。その数値のもつ虚の感触や、その数値のことを考えてしまう虚の世界への志向が、たぶん私のどこかに、懐かしいという感覚を呼び起こすのだろう。

　これまでの恋人がみな埋められているんだそこが江の島だから
　バス停がバスを迎えているような春の水辺に次、止まります

同じ連作からの引用である。恋人同士が江の島でデートすると別れる、とかいうジンクスがあるらしい。私の地元の名古屋では、東山動物園でデートすると別れるというのがあって、たぶんどこのエリアにでもあるその類だと思うけれど、だからと言って、歴代の恋人が皆埋められるわけはあるまい。あり得ない。しかし、みな埋められて、というこの断定。そこが江の島だから、という、もはや妄想と言ってもいいような虚の語感。文体のマジック、と言うか、マジカルな文体によって、世界が間違いなくそこにある感じ、と、そこにある世界に何の根拠もない感じ、とが同時に伝わって来る。これは、吉田恭大の短歌の世界の大きな魅力の一つだろう。春の水辺の一首には、バス停もバスも、現実のものとしては登場していないのに、どう読んでも、春の日のバスに揺られている感触しか伝わって来ない。実が虚であり、虚が実であるようなこの感じ。吉田の文体の特徴がきわめてよく見えている。

電器屋が怖いと笑う恋人も、明るくて白くて音が鳴る

引用は末尾の「明日の各地のわたくしたちの／断続的に非常に強い」の一首。電器屋が怖い、というのは、所謂、街の電器屋さんではなく、家電量販店の、大量に似たようなものが並んで、必要とされていないのに稼働したりしているあの雰囲気を言っているのだろう。笑って怖がるのだから、大した怖がりようではないのか。だから、それを受けて一人称が、あなたもあれらと同じように、明るくて白くて音が鳴る、と返すのは、もちろん冗談であり、やや屈折した愛情だとも感じる。こうした文体の背景にあるのは、第一にはことばのちから、なんだけど、作者のキャラのようなものが出ている部分もあるのだろう。

家々のアンテナ全て西を向きその中の何軒かのカレー
丸ノ内線に光が差すたびに意識の上では目を覚ますけど
中野区はおやつにはいらないことも知っているから春の遠足
たぶん前、あなたに言ったけど、という、何度か聞いたあなたの枕
アマゾンで腐葉土買えばしばらくは腐葉土の広告のある日々

N

1と3の章から、他にも好きな作品を引用した。いずれも意外なところがあって好きになったのだけれど、何回も読んでいると、だよね、そうだよね、もしかして私は吉田恭大だったのか、みたいな変な錯覚が生じるのも楽しい。思ってもみなかったことを、以前から思っていたように感じさせてくれる。懐かしい、とは、つまりそういうことなのだろうか。

＊

ちなみにこの一文のタイトルは、某日の、診断メーカー*の、題詠ったー、に由来している。『光と私語』もどうやらここに由来しているようだけど、そんな超越的な組みあわせは、滅多なことでは出ないらしい。

> 吉田恭大は『布団』と『素数』の二つともを題として
> 1時間以内に歌をつくりましょう。
> **https://shindanmaker.com/134995**

＊編集者注：「名前を入れたら結果が出るというおもしろ診断を誰でも簡単に作れるサイト」（公式Q＆Aより）。本稿で扱われている「題詠ったー」は、《布団》《素数》《二つとも》《1時間》のところが名前・日ごとにランダムに変わるよう設定されている。

*

そして、デザインやレイアウトをめぐるコラボレーションについて。いぬのせなか座が参加した、短歌を含むコラボ作品集は、私の知っている範囲では、加藤治郎の『Confusion』(二〇一八年、書肆侃侃房)と岩倉文也の『傾いた夜空の下で』(二〇一八年、青土社)がある。この二冊は読んでいたので、どちらかに似たものになるのだろうと予測していたのだけれど、この『光と私語』では、予測しなかった別の世界が展開されていた。いぬのせなか座の方法の抽斗の多さということだろうか。幾何学図形の配置によって、短歌の連作的な意味での、時間の経過や状況の変化が補完されたり、感情的な充填や欠落なども浮かんでいたように思う。これは2のみならず、1や3の章にも共通している。私がきちんと読み切れていない部分もあるにせよ、わかりやすいし、受け入れやすい、という印象をもった。歌集『光と私語』は、吉田恭大を多くの読者に知らしめるとともに、いぬのせなか座の代表作の一つにもなりそうな予感がする。

吉田恭大『光と私語』付録栞　いぬのせなか座　二〇一九年三月一九日

147

その犬とそのトナカイを手放して、わたしが死んだら橇に乗せてよ

神話と伝承が宗教になって、それから資本主義がやってきて、路上に
コーラの自販機と赤い老人が溢れかえって、

私たちには問う権利さえあ
るけれど（いななくだけでいい誰の役？）
でも大概のそれは贋物だって
知っている。

一年が終わる。青物市場の裏に、夏石番矢の幽霊がいる。

一年、また老人に近付いて、引いた歌の数ばかり増えて、私のコートは赤くないけれど、両手を空に向けて差し出す。

154

すべからく幸いあれよ聖夜には迷わず赤い老人を撃て

末恒、宝木、浜村、青谷

風邪の日の水薬がずっと口の中に溜まっていて　長いホームでひと月を
ずっと待っている
昼食も朝食もずいぶん食べていない

祝日のダイヤグラムでわたくしの墓のある村へゆく

鎧、餘部、久谷、浜坂

風邪の日の水薬が虫歯にしみる　今日から明日にかけての忌引き

海に沿い小さな港　隧道を抜けるたび小さな船を見る
暦では水母に埋まる海岸を誰かかわりに歩いてほしい
諸寄、居組、東浜、岩美

かつて居た地名を少しずつ鳥に教えて（鳥は覚えられない）
墓のある村には遠い親族が。遠い吉田家ばかりが今も

繰り返す土地にいつしか駅が建つ

末恒、宝木、浜村、青谷

墓地は海から少しはなれて高いところに建てられるもの
（習慣と記憶はきっと細長い虫の形で張り付いている）

山際の貯水槽から少し濁った水をくむ

由良、浦安、八橋、赤碕

河口から遡っても会えなくて潮の匂いで錆びてゆく腕

地図を正せばもう消えている場所だろう　こんなにも猫しかいない

居ないのはそういうことだから、ここは

下市、御来屋、名和、大山口

風邪の日の水薬が口の中から零れる
ひと月をずっとホームに居たような気もするが

右奥の虫歯が水薬に染みる

象亀の甲羅を磨く

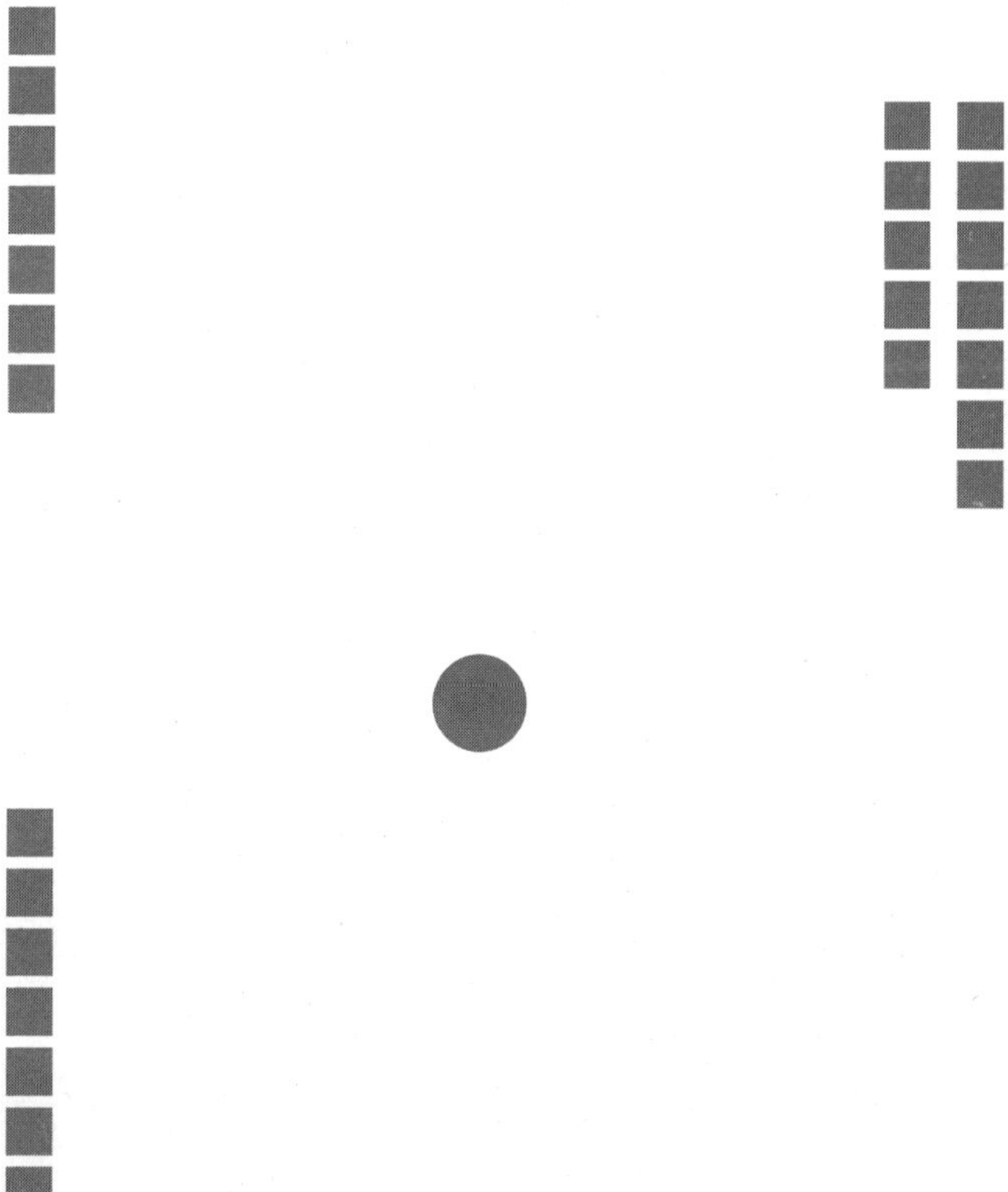

ぞうがめの甲羅を磨く職人の家系に生まれなかった暮らし

日雇いの仕事が飛んで平日のあなたと動物園に向かった

トラのいる檻でボタンを押して鳴るさびしい時のトラの鳴き声

日も長くなるのだしなるべく君と平易な言葉で話さなくては

動物の住む場所を東西に分け、そこを渡ってゆくモノレール

ジョージは死して甲羅を残し、国中の奇祭を網羅するウィキペディア

通過するあの駅の名を覚えてる　部首から引いた漢字のように

冷房の弱いところに冷房に弱い人々以外も乗せて

明日の各地の天気予報がつぎつぎに届いて電話の電池が切れる

百年を経て平日の晴れた日にあなたと亀を見にゆくんだよ

3

ともすると什器になって

恋人がすごくはためく服を着て海へ　海へと向かう　電車で

ときどきは列に並んで食べようかって言いあいながら土曜が過ぎる

犬猫は架空のことを話さない。それを踏まえて灯るコンビニ

雨が降るって告げられてから人々に売られた傘と開かれた傘

記憶の中で書いたわたしのキジバトが雌雄の孔雀に少しずつ似る

ひと月を鞄に入れたまま過ごす友達の余白の多い本

知り合いの勝手に動く掃除機を持っていそうな暮らしをおもう

自転車屋に一輪車があって楽しい、　あなたには自転車をあげたい

寝る前の、どこで切れても構わない会話の語尾を遠く延ばして

見晴らしのあかるくて涼しい場所の、　日曜日しか来ないバス停

私信は届かないところ

友達の引っ越しのためあけていた一日がもう明日に迫る

ここでいう初夏のうちほとんどが誤謬でしかも身体に悪い

鉱物の図鑑に花の名を探す　街の名前はあなたに任せ

少年の、季節は問わず公園でしてはいけない球技と花火

帽子屋の帽子の箱に古着屋で買った帽子を仕舞ってしまう

白亜紀を生き残らない生き物が教育テレビの向こうで暮らす

運転手も車掌も僕だ　乗客はないから君の布団でねむる

旧い海図を封筒にしてまひるまの埃きらきら立ち上がる部屋

サーカスのテントが建てばそこからの季節がいやに広々とあり

透明なベンチに浅く腰かける。次の電車で横浜に出る

陽ばかりが明るくて地震のあとに最後まで揺れてる避雷針

便箋で届く手紙に消印の多くて二度と閉じれぬ本だ

京都から来た人のくれる八つ橋と京都へ行った人の八つ橋

借り物の英英辞典を燃えたってすぐ消せそうなところに積んで

ドアに鍵、ドアにドアノブ、ドアノブに指紋、指紋、指紋、笑えよ

主なき部屋はいつしか輝いて、連鎖して、消えたりするだろう

たぶん前、あなたに言ったけど、という、何度か聞いたあなたの枕

大抵のものに切手が貼られるし、届くものだし忘れてもいい

その辺であなたが壁に手を這わせ、それから部屋が明るくなった

本は木々には還らぬとして（知らないが）あなたのことをあなたより好き

犬を尋ねるチラシをたまに見るけれど　犬を見つけたことはないけど

生活は日々のあなたを書き換えて辿れば美しい詞書

明日の各地のわたくしたちの／断続的に非常に強い

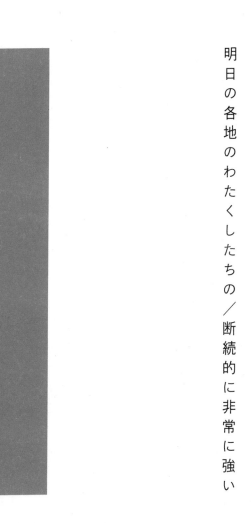

四月尽　ひとつめくれば噴水の試運転日のあるカレンダー

身のうちに持ち得るだけの熱量を抱えて人は眼を閉じており

素晴らしい社会の果ての北上尾駅前にまたバスをのがして

燃えるのは火曜と木曜と土曜。火曜に捨てる土曜の残り

手をかざすと水の流れる水際でインクのついた右手を洗う

晴れの日のフードコートの中庭でずっと眺めていた、 猿回し

国道に沿って歩けば辿り着く精米機のある場所が郊外

結婚をすると会社が二万円くれるらしくて考えている

アマゾンで腐葉土買えばしばらくは腐葉土の広告のある日々

その場では笑ってしまうわたくしの夜更けに捏ねている鬼瓦

明鳥　濡れて帰ると毒だからなるべく地下のほうを伝って

はつなつのメトロ明るくどの駅のポスターも痴漢を許さない

それだって日々だしコインロッカーに入れっぱなしの東京ばなな

電飾がたくさんついた自転車が向こうから来て左に避ける

真夜中の電子レンジで暖めたタオルがわたしよりあたたかい

「西。東日本各地に未明から断続的に非常に強い」

川べりで老人たちが集まってエアロビクスを始める季節

真昼間の部屋のひとりのわたくしの振る舞いの素早い能っぽさ

駅前の広場に君と鳩がいて近づけば散らばってゆく鳩

名画座で知り合いに会う。今週の今日と明日だけやってる映画

ヨドバシの二階はいつも眩しくてめいめい首を振る扇風機

電器屋が怖いと笑う恋人も、　明るくて白くて音が鳴る

阿佐ケ谷はまだ先だけど人前で眠るあなたの口は閉じなよ

「引っ越した街に大きなダイソーはありますか？何か送りましょうか？」

バス停にそこの家から持ち出したみたいな椅子があるので座る

踏切の向こうで待っている人の、大きなきっと、金管楽器

だとしても部屋に届いた新聞で窓を拭くまでひと月のこと

人のとなりで何度も目を覚ます夜の、アメリカの山火事、音のない

都市がひとつの人格を持ち、滅び去り、誰かに貸したままのSF

この人も嵐のあとの海岸に打ち上げられたかたちで眠る

連休は終わり、月日を三日分送ってから捺した日付印

待つ犬のまわりで何か待ちながら、わたしたち、あなたたち、拍手を

あとがき

四方に壁、足元に床がある。
生まれ育った鳥取を出て、10年経った。
演劇と詩歌の両方に携わりながら、死なない程度に働いている。
必要なものは景色の中にある。
見晴らしの良い土手に、薄暗い地下に、冷たい朝の部屋に、椅子を並べる。
物語を声高に申し上げることは、きっとわたしの仕事ではない。
早稲田、高田馬場、新宿、大宮、北赤羽、北千住、十条、吉祥寺。

過ごしてきた街で、あなたやあなたと交わす益体の無い会話。
大切な一瞬は見過ごしてもよいし、椅子に座って寝ていても良い。
これは山。あの光るのがたぶん川。
これからもそうして暮らすから。

この本と、歌と、暮らしに関わってくれたみなさま。
ありがとうございます。
たくさんの台詞を。わたしや、あなたや、あなたたちへ。

平成の終わりに
吉田恭大

吉田恭大（よしだ・やすひろ）
一九八九年鳥取生まれ。
歌人、ドラマトゥルク、舞台制作者。
塔短歌会所属。早稲田短歌会出身。

光と私語

吉田恭大

いぬのせなか座叢書3

塔二十一世紀叢書333

発行――――いぬのせなか座
http://inunosenakaza.com
reneweddistances@gmail.com

二〇一九年三月一九日　第一刷発行
二〇二四年七月　八日　第四刷発行

装釘・本文レイアウト――――山本浩貴＋h（いぬのせなか座）
印刷・製本――――シナノ印刷株式会社

落丁・乱丁本はお取替えいたします。

ISBN978-4-911308-03-5　C0092